KB005152

문학과지성 시인선 231

평범에 바치다

이선영 시집

문학과지성 시인선 231
평범에 바치다

초판 발행 / 1999년 10월 11일
3쇄 발행 / 2005년 2월 18일

지은이 / 이선영
펴낸이 / 채호기
펴낸곳 / (주)**문학과지성사**
등록번호 / 제10-918호(1993. 12. 16)

서울 마포구 서교동 395-2(121-840)
편집/ 338)7224~5   FAX 323)4180
영업/ 338)7222~3   FAX 338)7221
홈페이지/ www.moonji.com

ⓒ (주)문학과지성사, 1999. Printed in Seoul, Korea

ISBN 89-320-1112-5

*지은이와 협의하여 인지는 생략합니다.
*이 책의 판권은 지은이와 (주)문학과지성사에 있습니다.
  양측의 서면 동의 없는 무단 전재 및 복제를 금합니다.

*잘못된 책은 바꾸어드립니다.

문학과지성 시인선 231

평범에 바치다

이선영

1999

"어느 날 한 권의 책을 읽었다.
그리고 나의 모든 인생이 바뀌었다"
오르한 파묵 소설 『새로운 인생』의 첫 문
장처럼,
"어느 날 한 편의 시를 썼다.
그 후 나의 모든 인생은 바뀌었다"
그리고 나는 지금도 시를 쓴다. 생애 세
번째 시집이다.
시집을 낼 때마다 나는 나 자신이, 또한
시가, 달라지기를 바란다.

1999년 9월
이 선 영

평범에 바치다

차 례

▨ 시인의 말

제1부

나에겐 그가 있다

내가 혼자 남은 집을
그가 열쇠로 잠그고 나간다
그는 나와 함께 이 집을
안에서 잠그고 있던 사람이다
나는 열쇠에 잠긴다
문에 잠기고
내게 없는 그에게 잠긴다
나에겐 나를 꼼꼼히 잠가주는 그가 있다
나에겐 나를 꼭꼭 잠가두는 그가 있다
틈틈이 나를 잠가주는 것이 나날의 일과가 돼버린
그가 있고
그가 잠가주지 않으면 새나갈 것 같은 내가 있다
그에겐 그 자신과
나머지 한 개의 열쇠 구멍인 내가 있고
나에겐 그 없이는 내가 잠가지지 않는 그가 있다
나에겐 그가 있고 오, 행복한
나에겐 그가 있다 행복도 사방이 닿지 않는 감방인!

헐렁한 옷

　세상에 널린 여러 옷들 속에서 나는 주로 헐렁한 옷
을 골라 입는다
　그것은 내가 헐렁한 옷 속에 나를 감춰두기를 좋아
하기 때문이다
　나에게 나는, 맘껏 드러내놓고 싶은 만큼이나 친친
감아놓고 싶은 어쭙잖음이다
　헐렁한 옷 속으로 내가 나를 슬쩍 집어넣으면
　나는 옷의 헐렁함 속으로 부드럽게 미끄러져 들어
가고
　옷은 나를 끌어당긴 그 헐렁함의 미덕으로 나의 윤
곽이 옷 밖으로 도드라지지 않게 해주었다
　헐렁한 옷 속에서 그 동안 나는 속이는 일의 간편
함, 세상에 나의 오목과 볼록을 드러내지 않는 일, 에
젖어 있었다
　그러나 많이 입어 더욱 헐렁해진 옷 속에서 지금
　느껴지는 어떤 움직임, 질깃하게 짜여지지 못한
　내 삶의 올이 풀리고 있다!
　옷을 뒤집어본다, 내가 없다
　헐렁헐렁한 옷의 안감과 겉감이 있을 뿐이다 처음
부터 내가 헐렁한 옷의 안감이었던 것처럼

속이고 속은 것이 다 나였다 안심하고 나를 맡겨온 옷의 헐렁함이
　비뚤거리긴 했지만 수채화 붓자국이었던 나를 뭉개버렸다
　어디로 갔을까,
　내가 세상과 대적하여 어거지로 입었던 그 헐렁한 옷 속에서
　독하게 꽃피워보지도 못한 나는

집

일흔 살 아버지는 스물일곱 평짜리

아버지가 좋아하는 나무와 화분이 놓이고 그것들 사이를 그저 묵묵히, 단 몇 발짝이라도 거닐 수 있는 마당도 없는

그런 집에 살고 있다

그 집은 몇몇 개의 낡고 비좁은 계단과 계단참을 올라야 하고 그럴 수만 있다면

아버지는 그 집을 떠나려 할 것이다

아버지의 집이 처음부터 그랬던 것은 아니다 아버지에게도 꿈은 잔보다 흘러 넘쳤다

아버지는 넓은 마당이 있고 계절이 바뀔 무렵이면 정원사 아저씨가 들러 나무들을 손질해주는

그런 집을 갖기도 했었다 그때

아버지는 하루 온종일을 마당에서 보내곤 했다

아버지는 나와 살던 집 외에도 몇 채의 집들을 흘러 여기까지 왔다

아버지가 그의 평생을 몰이해다가 긴 노고의 끝에 들어서려던 집은 이런 집이 아니었을 것이다

그러나 아버지는 이 집이 편히 쉬고 잘 수 있는 아버지 집이라는 것을 서글프게 안다

지상에 빽빽히 들어선 이 많은 집들 사이에 아버지
새집을 짓기엔
　아버진 어느새 늙었
　늦었..
　한평생을 흘러 이제 막 물위로 송연히 떠오르고 있
는
　아버지 스물일곱 평 삶

기억의 방울

암혹계의 갈수록 가팔라지는 벼랑길에서
영혼은 가장 무서운 기억들과 맞닥뜨린다.
영혼은 겁에 질려 오들거린다. 자기 과거의
적나라한 모습과 정직하게 마주하는 것보다
고통스러운 일이 또 있을까?
　　　　　　　—베르나르 베르베르 『타나토노트』

처마끝에 대롱대롱
매달려 있던 기억의 방울 하나가
내 정수리 위에 톡!
떨어져 깨어진다
방울이 맺혔던 처마끝 빈자리엔 또 다른 방울이 뒤이어 생성되고 있다
저 처마끝은 무수한 기억의 방울들을 매달아놓고 있다
좋은 일과 잘한 일만 기억한다고 말하는 사람을 나는 더러 보았다
그이들에게 기억의 방울이 전시된 저 처마 밑은 추억과 향수의 호젓한 산책길이 될 것이다
그러나 내 정수리 위에 떨어진 것은 방울이 아니라

차갑고 따끔한 우박이다

　나는 나쁜 일과 잘못한 일만 기억나기 때문이다

　그러니 내 악몽의 산실, 저 처마 밑에서는 장대를
함부로 저어서는 안 된다

　기억의 방울들이 밤송이처럼 쏟아질지 모르니

　이미 기적이라 불리지도 않는 기적, 내 앞으론 날마
다 새로운 태양이 날아들고

　나는 그 무구한 얼굴을 위안삼는다

　오늘은, 기억의 방울이 되어 내 정수리 위로 떨어져
내릴 먼 훗날까지는

　나를 드러내지 않을 未知이니까

나의 독서

도스토예프스키 『죄와 벌』 조셉 콘라드 『로드 짐』 밀란 쿤데라 『참을 수 없는 존재의 가벼움』 무라카미 하루키 『상실의 시대』 알랭 드 보통 『로맨스』 베르나르 베르베르 『타나토노트』 마르그리트 뒤라스 『이게 다예요』 박상륭 『죽음의 한 연구』 송대방 『헤르메스의 기둥』 이인화 『영원한 제국』 은희경 『새의 선물』 『프리다 칼로 평전』 바타이유 『에로티즘』 고리키 『어머니』 니콜슨 베이커 『페르마타』 미치 게이너 『소설』 마르케스 『콜레라 시대의 사랑』

나는 내가 읽는 책들이 내 영혼에 속속들이 배어들기를 원했다 내 영혼이 책에 고루 절여진 배춧잎들이 되기를 그러나
홀홀 술술 허공을 넘기는 책장을 따라가다 마침내 책이 끝나는 곳에서 휘이익 날아간,

책장들이 다 훑어간,
글자들이 콕 콕 찍어간,

내 영혼

16

여전한 것은 나의 육체, 이 무게, 이 안녕, 이 탐욕

책이라는 메마른 종잇장들에 좀처럼 길들지 않으려
는 내 육체
번성하는 이 육체보다 늘 모자란
나의 독서

머리카락의 詩

이제 시들어가는 單色調의 가을 나무와 같은 나, 우
수수
머리카락 떨어져내린다

집안 구석구석, 배수구를 막아버리고 방바닥에 우
어지럽게 널려 있는

머리카락만큼도 쓰지 못한 詩

머리카락만큼이나 쓰고 쓰고 또 써야 할 詩

주워도 주워내도 다가 아닌 이
머리카락만큼도 세상에 남기지 못할 詩

머리카락보다 먼저 썩어질 詩

머리카락 때 땀 요 혈 변 눈물…… 세상에 뿌려지는
나의 분비물, 어쩌면 그뿐이었으며 그뿐일지 모르는
나의 詩,
살아 있는 동안의 내 육체가 쉼없이 분비해내는

해도 해도 그것은 분비물일 뿐인

쓰고
쓰고
쓰는
이 모자란
많음
이 많은
모자람

오, O-157

이 가을
우리 혀가 즐기는 양식인 쇠고기에
거뭇거뭇 O-157이 피어났다

닭고기 돼지고기 피자 아이스크림……
우리들 산 입에 거미줄 치는
O-157

오, 은행잎들
이 가을 삼십대의 내 울울한 발 밑에 창창히 깔리는
아름다운
그러나 나를 아프게 하는
사랑이라는 혹은 혈육이라는, 날마다의 포도청인
목숨이라는, 무심한 세월이라는, O-157
내 몸에 항체를 허락지 않는

오, 올 가을에
은행나무 꼭대기에까지 걸린 O-157

내 발이 한번은 밟았다가 한번은 밟지 않았다가 아

니,

　내 범속하기만 한 인생의 구두창 아래로 거푸 낙화
해오는

　앞면일까 뒷면일까 희망일까 재앙일까, 엎치락뒤치
락 모습이 바뀌는

　은행잎, 밟지 않고는 내디딜 수조차 없는 내 생의
오, O-157들!

비에 젖는, 젖지 않는, 자본주의

비가 종일 내린다
눈뜬 박쥐 우산들이 비장의 날개를 펴고 기지개를
켠다
나는 활짝 핀 우산 그늘 안에 있다
비는 우산 밖에서 내리고, 간질이거나 두드리거나
세차게 때려가며
우산이 비를 받아든다 비가 내 몸에 채 이르기도 전
에 기운 센 장사의 팔뚝에 솟아난 알통처럼
발 밑으로 늘비하니 늦가을 나무 이파리들, 밟히고
찢기며 비에 젖는다 빗줄기는
무형무취의, 그러나 쉴새없이 내리꽂히는 비수다 악
한이다
우산 밖에 나뒹구는 참담의 이파리들과 함께
비 풍경의 한 짧은 흑백 사진을 찍으며
이 이기의 우산을 접어둘 용기가 없다 나는
이미 우산 애용자인 것이다

차라리 너를 탓하리, 비여
빗줄기가 갈라놓는 희비여

22

나무늘보

1

한 장면이 시작된다

나무늘보가 느릿느릿 나무를 타고 올라간다

눈 깜짝할 새에 날쌘 수리가 날아와 나무늘보를 낚아채간다

그야말로 순식간이라서 보고도 본 것 같지 않다

슬로 모션으로 다시 보았으면 싶지만 나무늘보는 흔적 없고

2

수리에게 낚아채인 나무늘보가 그뒤 어떻게 되었을지는 보지 않아도 알 수 있다 수리의 발톱이 왜 나무늘보의 사지를 사납게 움켜쥐었는가를

그 장면은 처음 보는 것이긴 하지만 낯설지만은 않다

3

나무늘보는 생김새가 원숭이와 비슷하며 하루에 18시간 가량을 나무 위에서 자고 주로 밤에 활동하는 열대 밀림 지역의 동물이다

4

　나무늘보가 18시간 가량을 자고 일어나 그제서야
막 늘어지는 몸을 움직이려던 시각에
　수리의 굶주림이 나무늘보라는 고깃덩어리를 낚아
챈 것이다

5

　수리의 매서운 발톱에 몸을 맡긴 채 허방을 날고 있
는 저 나무늘보의 머리를 스쳐가는 18시간, 행복은,
그 짧았던 지저귐

6

　나 역시 잠자는 시간이 많다 내가 진정 깨어 있는
시간이 하루에 몇 시간 그리고 내 생애 전체를 통해
과연 몇 시간이나 되는지, 대체 내가 무엇을 하고 있
고 무엇을 하지 않고 있는지 실은 나도 잘 모른다
　나는 나무늘보로 태어나지는 않았지만
　자기 자는 나무에 평생 매달려 그 나무 타는 일밖엔
달리 할 줄 모르는 나무늘보를 닮았다

7

저렇게 끝나는 것을, 늘보는 잠에만 취해

숨은 이름

잎 푸른 채소 깻잎 고사리 콩나물 등 푸른 생선 고등어 굴 피조개 홍합

우리가 자연에서 얻는 신선하고 맛있는 먹거리들의 이름

그 순수한 이름들 뒤엔 드러나지 않은 다른 이름들이 있다

다이옥신 비스페놀A 폴리카보네이트 스티렌다이머 디디티

마치 이선영이라는 조금은 흔하고도 평범한 이름 뒤에
시인이라는 음울한 이름이 숨어 있듯이
그리고
시인이라는 아아, 무고한! 이름 뒤에
이선영이라는 흔하디흔한 이름이 숨겨져 있듯이

그러나 우리는 우리가 아는 그 이름들을 먹는다

모르는 다른 이름이 더 있을 리 없는
등 푸르고 잎 푸르러야 하는 이름들
그 뒤에 숨은 이름이 있다

내가 합쳐지지 않는 갈래이듯이

서기 2058년

1924년 세상에 태어난 아버지는
1998년 지금 이 세상에 살고 있지 않다
그가 늘 앉아 있던 의자며
아버지 방안에 오래된 이불장도 차례로 치워졌다
하지만 곧 1999년이 다가오고
엘니뇨와 라니냐의 이상한 겨울이 지나가고 있다
서른다섯 해를 접어놓고도 나는 다시 시작해야 할
책갈피를 찾아들지 못하고
세상에 난 지 4년밖에 안 된 나의 딸 은지는 마냥
행복한 짐승이다
영화 「로스트 인 스페이스」는 서기 2058년의 지구에
서 시작된다
2000년대는 공상 과학 영화에 나오던 먼 미래가 아
니다
2000년대의 쉰여덟번째 해, 2058년에 나는 거기 없
을 것이고
나의 딸이 지금의 나보다 더 늙은 모습으로
그 자리에 있을 것이다
나는 2058년의 어느 날 그 아이가 문득 꺼내 뒤적여
보는 사진첩이나

되살아나는 그 아이의 온갖 슬프고 기뻤던 추억 속
에만 남아 있을 것이다
　그날은 창가에 햇살이 따사로운 봄날일 수도
　지금 여기처럼 썰렁한 겨울의 한낮일 수도 있을 것
이다
　또 다른 엘니뇨와 라니냐가 지나가는 지구의

빌 아저씨의 과학 이야기

빌 아저씨가 들려주는 과학 이야기
—모든 색은 자신이 거부하는 색깔을 띤다

보라색은 빛의 스펙트럼을 흡수하고 난 뒤 거부된
보라색이며
주황색은 흡수하고 난 나머지인 주황색
노란색은 모든 빛의 색을 흡수한 뒤 되올린 노란색
이다
장미의 붉은색은
장미가 토해놓은 붉은색
바다의 푸른색은
바다가 그 속에 담아둘 수 없었던 푸른색이며
나무와 풀과 숲의 초록색은
나무와 풀과 숲이 뱉어낸 초록색이다

흰색은 모든 색을 그의 안으로 오롯이 받아들이고
자신의 색깔을 잊은 색
들어가도 들어가도 그 안은 텅 빈 어둠뿐일

눈부신 해 빛나는 대낮의 하늘은

캄캄한 밤하늘을 뒤집어놓은 것일 테고
자디잔 별 총총 맛소금 뿌려놓은 밤하늘의 벽지 주
욱 걷어내면
안쪽으로 상하지 않은 환한 하늘이 펼쳐질 것이다

사람들은 저마다 어떤 색깔인가?
이 몸과 마음과 영혼 속에
가두어둘 수만은 없는 뜨거움, 거북함, 치밀어오름
이란

레지오넬라

　다이옥신 염화비페닐 레지오넬라 비소…… 그리고
신창원
　최근 검거된 것들의 이름이다
　고급 호텔과 대형 백화점 고층 빌딩들이 키를 일으
켜 세운 이 도시의 냉각탑엔 레지오넬라가 피고
　'떡잎부터 갈라진 운명'* 신창원이 피어난다
　밟고 밟고 또 꺾고 쓸어버려도
　이 도시엔 다이옥신이
　비소가 피고
　독의 씨앗을 문 꽃들이 피어난다

　그대에 대한 나의 잠들지 않는 사랑, 시를 향해 끈
덕지게 벋어나가는 덩굴손
　이 병든 도시가 밤마다 끄윽끄윽 게워내는 레지오
넬라들이다

　내 살아 있는 몸은 레지오넬라들의 좋은 은신처가
되리라
　내 몸은 그 독기로 펄펄 살아 움직이다 그 독기로
천천히 썩어가며 제 무덤을 파리라

이윽고 노련한 청소부만이 이 모두를 깨끗이 거둬
가리라

* 한겨레신문 이제훈 · 안영춘 기자의 글 중에서.

순 장

'수만에 달하는 본사/해외 사업장/협력업체 종업원의 고용 문제는 빅딜이라는 정치적 show의 화려함 속에 사그라들어야 되는 사소한 문제가 아닙니다. 국민 여러분! 저희 임직원들은 허울좋은 빅딜의 희생자가 되기를 거부합니다. 저희는 이를 위해 끝까지 결사 투쟁하겠습니다'

××전자 직원인 동생은 철야 시위를 위해 집을 나선다

종호야, ××전자란 숱하게 생겨나고 스러지는 것들을 담은

자본주의의 허망한 필름 한 조각

××전자가 사라진다 하더라도 너마저 거기 묻히진 말기를

나토의 유고 공습에 지금까지 코소보 난민 70여 명이 목숨을 잃었다

군의 흑막에 가려 김훈 중위가 자살했다가 타살되고 다시 자살한다

소설가 이균영이 새벽 두시의 거리에서
찌그러진 택시와 운명을 같이한다

나날의 쳇바퀴가 조용히 내 영혼의 숨통을 조인다

뜨고 지는 해와 달의 계주를 따라
우리 목숨,
날마다 숨차게 저문다

63빌딩에 갇히다

우리는 63빌딩으로 들어갔다
하나둘 모인 얼굴들과 한동안 기분좋은 점심밥을
먹고
아이맥스 영화관을 기웃거렸다
우리는 배를 타고 싶어했다
그러나 밖에는 비가 내리고 있었다
수족관을 구경했다
물개 쇼가 벌어지는 중이었다
우리는 비가 그쳤기를 바랐지만
창밖엔 아직 비가 오고 있었다
우리는 전망 엘리베이터를 타고 전망대로 올라갔다
높다란 패스트 푸드점에 아이들이 몰려들었다
63층, 하늘 가장 가까운 곳에서 멀리 창밖을 내다보
았다
우리가 가지 못하는 강이 보였다
비는 그치지 않았다
우리는 다시 우리가 있어야 할 아래층으로 내려왔
다
조르는 아이에겐 장난감을 사주고
어른들은 쇼핑을 했다

다니다 지치면 앉아 쉴 의자도 있었다
비가 그치지 않았다
우리는 따뜻한 우동 한 그릇과 모밀국수로 저녁 끼
니를 때웠다
63빌딩에는 없는 것이 없지만
63빌딩은 잘 갖춰진 하나의 세계였지만

그리운 것은 늘 바깥에 있다

우 연

나는 우연이라는 구두를 신고 다닌다
대량 할인 판매하는 구두 매장에서
그 많기도 많은 구두들 사이를 돌아다니다
나는 눈에 들어온 구두 하나를 골랐다
고르고 나서 들여다보니 그 구두는 우연 woo yeun
이 만들어낸 구두였다

그처럼 우연하게 내 발은 그 구두를 신고 있는 것이
다
하지만 구두를 신고 다니면서부터는
우연이라는 생각이 들지 않았다
이미 바꿀 수 없는 나의 일부가 되었기 때문에

다시, 한 켤레의 구두를 내 생에 끌어들이면서 돌이
켜보건대
나를 이뤄놓은 모든 것이란 게
고작 우연이 우연을 불러내며 쌓아진 모래성은 아
니었을까
덜 굳어진 만큼 약하게 더러 크게 흔들리는

오늘도 나는 우연이라 새겨진 구두를 신고
때로는 기특하고 때로는 무서운
우연의 발자국을 찍는다

재두루미

재두루미는 두루미과의 철새로
몸 길이가 120cm이고 편 날개 길이는 180cm나 된다
목과 날개가 흰색을 띠고
나머지 부분은 회흑색이다
동물원에서
우리에 갇혀 있는
한 마리 재두루미를 보았다
다리가 길고 가늘며
길고 가는 목이
소리 없이 먼 곳을 바라보고 있는
모든 재두루미를 날려 보낸 하나의 재두루미,
날개를 접은 고요한 두 다리 적막의 줄기를 벋어올
린 목덜미

저기 세 평
무덤이 된 아버지

번다한 내 속에서 이따금 울컥거리는
고요, 적막
너머에야 있는 풍경

신맛과 어머니

우리집 식탁에는 요즘 끼니때마다 신맛 나는 무김
치가 올라온다

나는 그 신 무김치에 내 입맛의 절반을 맡겨두고 있
다

무김치를 맛나게 먹기 위해 밥을 먹는지도 모른다
는 생각을 한다

그러나 나와 함께 식탁에 앉은

60대의 마지막 고개를 넘어가려 하는 나의 어머니는

이미 시어빠진 무김치를 먹지 않는다

신맛이 싫다고, 어머니는 얼굴을 잔뜩 찌푸린다

어느 날 나는 내가 냉장고에서 꺼내다가 식탁 위에
놓은

신 무김치에 젓가락을 대려다가 그만

그 무김치 그릇의 뚜껑을 닫아버렸다

내 우울한 혀는 그날 신맛에 기분이 들뜨고 싶지 않
았던 것이다

나는 내 혀가 다치기를 바라지 않았다

어머니의 혀는 늙고 우울한 것이다

자화상

　내 등은 휘어져 있다, 내 등엔 역사가 없다
　나는 고개를 수그린다, 내 모가지엔 세계가 없다
　내 등엔 역사의 한줄기 뼈가 새겨지지 않았고
　내 모가지는 세계의 한 모형을 세우지 못했다
　그래서 나는 두말할 나위 없이, 이 물렁한 삶의 순
살에 한 그릇 질게 반죽되었다
　역사와 세계의 뼈다귀가 없는 나는
　고개를 수그리고 등을 구부린 채 내 안에 긴 빨대를
들이밀고
　더 이상 빨려올라올 것도 없는 나 자신이라는 얕은
바닥만 비잉빙 휘저어대고 있다

사랑하는 두 사람

여기, 사랑하는 두 사람이 있다

한 사람은 끝없이 끝없이 무언가를 찾아 들어간다
어쩌면 끝을 찾아, 미지, 다다를 수 있는 자신의 끝
을 찾아
그는 넓어지고 싶다
그를 갈 수 있는 만큼의 끝에 이르게 하는 것, 그것
이 그의 사랑이다
사랑이 그의 말뚝을 한층 멀리까지 옮겨놓는다

한 사람은 끝없이 끝없이 자기를 바닥으로 몰아간
다
더 이상 가라앉지 않을 때까지
그녀는 대기중으로 그녀의 전부를 흩어놓고 싶다
아무것도 남지 않은 껍데기의 공허를 맛보고 싶다
사랑이 그녀를 밑바닥에 이르게 한다
그녀의 텅 빈 육체 안엔 이제까지의 그녀가 아닌 다
른 영혼이 심어진다

제2부

평범에 바치다

　세월로부터 한살 한살 근근이 수확하는 나이를 평
범에 갖다 바치다
　소작농이 그의 지주에게 으레 그리하듯
　그러나 나의 나이여, 평범의 지주에게 갚는 빚이여,
지주의 눈을 피한 단 한 줌 이 손아귀 안의 움켜쥠을
허락해주지 않으련

버려진 냉장고

버려진 냉장고를 보았다
낡고 구식인 그 냉장고는 집 앞 공터에 우두커니 서
있었다
언젠가는 내가 쓰는 냉장고도 저렇게 버려질 것이다
결말이 눈앞에 보인다는 것은 입맛을 쓰게 하는 일
이다
내가 쓰는 전화기 장롱 TV 오디오 세탁기 우산 신
발 옷 가방 콘택트 렌즈
나의 눈 코 귀 이 어깨 허리 다리 발 심장 신장 대장
내게 없어서는 안 될 이 모두가 한 번은 버려져야
할 것들이다
낡아가는 것들, 종종 고장이 나고 마침내 수명이 다
하는 것들과 함께 살아간다
그 어느 해 가을과 또 다른 해의 가을에 할머니 할
아버지가 차례로 그랬듯
버려질 엄마 아버지 남편 그리고 나
버려지기 전까지는 손발 닳도록 살아간다

노루가 나무꾼에게 전한 말

지금으로부터 수백 년 전의 어느 날
노루는 목숨을 구해준 나무꾼에게
선녀가 있는 곳을 가르쳐주었다

1997년 7월 4일
화성의 모습이 전지구인에게 공개되었다

7월 26일자 신문에는
식물이 자라지 않는다는 백두산 천지에 기적적으로
사스래나무(자작나뭇과 고산성 낙엽 교목) 한 그루
가 노랑만병초(진달랫과 고산 식물)를 발 밑에 두고
서 있는 사진이 게재되었다

'희귀조 청딱따구리가 새끼에게 먹이를 주는 장면
이 독자 정봉룡(56·서울 강북구 우이동)씨의 카메라
에 잡혔다. 정씨는 "북한산에서 2개월여 추적한 끝에
지난달 28일 사진 촬영에 성공했다"고 밝혔다' (동아일
보 8월 1일자)
'산림청 종합 조사단이 지난달 민통선 지역 생태계
를 조사한 결과 지금까지 학계에 보고되지 않은 흰패

랭이꽃(가칭)이 처음 발견되고 희귀 여름 철새인 삼광
조가 관찰되는 등 40년 넘게 인적이 끊긴 이 지역이
자연 생태계의 보고임이 확인됐다' (한겨레 8월 16일
자)

　노루와 나무꾼이 만나지 않았다 해도
　선녀를 본 노루는
　있었다

　아직 함구하고 있는 지구상의 수많은 노루들

　이 지구는 입 밖으로 끌어내야 할 노루의 밀어들,
때로 위험한 전언들마저, 담아들고 있는
　거대한 둥근 두꺼비집
　이 한 몸뚱어리가 지구 안에서 얼마나 작은 것인지
를 나는 안다
　지구는 나에게 노루를 보내 자신을 해명할 이유가
없는 것이다

　그러나 감히 얘기하건대,

나무꾼과 만나는 어느 기로에서 나 역시 한 마리의
노루가 될 수 있다
나와 당신, 우리는 작지만 지구의 이 작은 귀퉁이,
이 귀퉁이의 사각을 전력으로 부딪치며 살아가고 있는
단지 서로에게 입을 열지 않고 있을 뿐인 외딴 노루
들이 아닐까?
내가 기꺼이 당신의 나무꾼이 되어준다면
당신도 기꺼이 나의 노루가 되어줄

새는 날개를 따라 둥지를 비우고

5층에 있는 우리집 창밖으로는
까치 둥지를 이고 있는 미루나무가 보인다

우리집과 같은 높이에 까치도 둥지를 틀었다

새도 먹이를 구하러 둥지를 비우고
나도 해가 뜨면 집을 비우지만
우리 둘은 다르다
나는 돌아올 집을 뒤돌아보면서 집을 나서지만
새는 날개가 일깨우는 저 하늘의 광활함을 향해 기
꺼이 날아간다

눈길이 창밖으로 가기 전 내 눈앞에는
TV가 있다 나는 아침마다 TV를 켠다
아침밥을 먹는다 거울을 본다 화장을 하고 옷을 갈
아입는다 아침마다
일생 동안

나는 나를 더럽힌다
맵고 달고 짠 음식과 나를 들여다보는 거울과 내 피

부에 침투하는 갖가지 화장품과 화학 섬유로 만든 옷들과 TV로
　　나를 더럽게 한다
　　선영아 언니 엄마 당신 은지에미야 형님!
　　각각의 호칭으로 나를 부르는 가족들이 나를 뿔뿔이 나눠 갖는다

　　나는 더러움 속에서
　　성기와 자궁 사이에서 잉태되고
　　성기와 항문의 사이에서 핏덩이로 태어난,
　　거름으로 더럽혀지면서 생의 밭에서 맛이 들어가는
곡식

　　새는 날개를 따라 둥지를 비우고
　　나는 더러움이 진득하게 일궈내는 텃밭에 흙의 것인 내 뿌리를 박는다

밤을 붙들다

소망이 있는 자는 아침을 기다리고
두려워하는 자는 밤을 붙들려고 한다

나는 지금 밤의 책상을 붙들고 앉아
아침이 빠져나간
내 허술한 손가락들을 증오한다

밤이 오고서야 나는 뒤늦게 아침을 그리워해
밤, 검은 피 흐르는 아침의 시신을 부둥켜안는다
그 시신이 다음날 아침이 오는 길을 가로막는 줄도
모르고

나에게 밤은 지나간 아침을 위한 구구한 弔辭
첫 손가락에서 새끼손가락까지, 무심히 벌어진 이
틈과 틈새는 빳빳한 새 지폐인 아침들을 그렇게 또 무
심히 흘려보낼 것이고
나는 그 밤들에 내가 놓쳐버린 아침을 살려낼 것이
다
빳빳한 새 지폐도 아니며 그래서 내 눈을 부시게 하
지도 않는 아침

사람들이 쓰고 쓰고 또 쓰다
밤이 돼버린 아침을

감 자

　감자를 두 손바닥으로 감싸듯 들고서 박박 문질러
물에 씻어낸다
　감자 껍질에 묻어 있던 흙이 떨어져나가면서
　물에 젖은 감자 껍질은 두께가 얇아지고 깎아내기
에 좋을 정도로 감자의 표면이 매끄러워진다
　감자 껍질을 벗겨내기 시작한다
　감자의 몸통을 타고 움직이는 칼날의 행보가 순조
롭지만은 않다
　내 손바닥 안에 몸 한 쪽을 붙박은 감자의 몸통이
많은 굴곡을 가지고 있기 때문이다
　아예 썩은 부분은 몽땅 잘라냈고 흠집은 도려냈다
한 번 도려내고도 없어지지 않는 흠집은 다시 도려내
며 몸 깊이까지 파고들어갔다
　감자를 깨끗하게, 썩은 구석이나 흠집이 없게끔 손
질하는 데는 얼마간의 수고로움이 있어야 했다
　그러는 동안 자기의 상처와 흠집으로부터 놓여난
감자는
　처음의 그 부피를 가진 감자가 아니었다
　흙에서 났기에 본디 생김새가 투박하고 다듬어진
후에도 여전히 태생의 투박함을 감추지 못하고 있지만

상처와 부패와 흠집이 그의 몸을 달게 빨며 더 이상
그를 배양하지 않는 감자는
깨끗이 씻겨진 채 도마 위에 얹혀 있다

재미있는 새들의 세계

'재미있는 동물의 세계'를 보다가 알게 된 이름들
붉은가슴루리멧새 넓은꼬리벌새 큰사막굴뚝새 검은
등찌르레기사촌 회색가슴어치 도토리딱따구리 흰머리
참새
재미있는 새들의 이름
그 이름들 가운데
아주 슬픈 이름 하나
슬픔비둘기
그 이름의 까닭을 모르겠는
그 이름이 곰곰 궁금해지는
슬픔!
온갖 재미난 이름들을 머릿속에서 지워버리는
슬픔비둘기!
슬픔이라 불려지는 것에 대한 내 귀의 솔깃함
이 타고난
사로잡힘

잠시잠깐, 생

자다 일어난 새벽
비틀거리는 걸음으로
발이 먼저 알아서 찾아가는
화장실 불을 켜고
부신 눈을 비비며
아무렇게나 걸터앉았다 나오면서
아, 이것이로구나 어쩌면
이게 다로구나 나는
마지막까지 내게 남을 육체
드넓은 하늘 아래 이 한 목숨의 감옥

喪

한 사람이 죽은 새벽
들리는 새 울음 소리
너는 알겠구나 이 새벽을 우는 새야
한 사람의 슬픈 끝 아니
끝의 덧없음
그가 쓰던 지갑에 꼬깃꼬깃한
만원짜리 지폐 한 장과 몇 개의 동전 그리고
남은 옷가지를 매만지자 빈 주머니 가득
쏟아져나온 새하얀 휴지 뭉치들
그의 腸은 마지막까지 쥐어짜지는,
연고제의 찢어진 튜브 같았다
그 휴지 뭉치로 황 황 뚫린 그의
빈 곳들이 메워졌을까
너는 알겠구나 이 새벽을 우는 새야
사랑이 평생은 아니더구나 말하던
그이, 늙어 힘없이 가버린
아버지
오래 전 날개를 다치고 기댄 바닥에
제 몸을 부딪는 한 마리 벌의 노여움
을 그 안에 숨기고 있었던

베란다에 가지런히 늘어선 화분들은
손 저어보지도 못하고
길러주던 손길을 잃었다

집먼지진드기

집파리나 집모기 등은 생활 속에서 흔히 보고 접하
는 곤충들의 이름이다

파리와 모기는 작고 보잘것없는 것들이지만 더러운
균과 병을 옮기는 나쁜 버릇 때문에

에프킬라와 홈매트가 만들어졌고,

파리채가 남아 있는 집이 있으며,

두 손바닥을 야멸차게 맞부딪치기까지 하는 것이다

이즈음 나는 집먼지진드기라는 새로운 이름의 해충
이 있다는 사실을 알게 되었다 우리가 덮고 자는 이불
에만도 20만 내지 30만 마리의 집먼지진드기가 살고
있어 감기를 비롯한 각종 질환을 일으키는 원인이 된
다는 것이다

나를 겁먹게 한 또 한 가지 사실은 집먼지진드기가
눈에 보이지 않는다는 것이었다

나는 당황했다, 내가 밤마다 집먼지진드기들을 잔
뜩 덮어쓰고 잔다는 말인가

집먼지진드기에는 아직 약도 없다

뜨거운 햇볕만이 진드기를 말릴 수 있다고 들었을
뿐

나는 보이지 않는 것과 싸워야 하는 것이다

이불을 햇볕에 내다 말린다
집먼지진드기가 다 사라졌을까?
보이지 않는다
저 자비를 잃은 햇볕이 집먼지진드기의 숨을 낱낱
이 거둬간다 하더라도
나는 이후로도 내내 이불 속에서
집먼지진드기들이 다시 태어나 셀 수 없이 불어나
고 있을 거라는, 참지 못할
가려움에
살이 벌겋게 일어나도록
내 온몸을 긁적여야 할 것이다

커서여, 내 심장의 떨림 같은

내 심장의 떨림 같은
커서의 깜박거림에 마음을 떠밀리며
글자들의 희고 고운 쌀 알갱이에 섞여든 잔돌들을
걸러내다가
나는 내가 하는 일이 다름아닌
글자들의 몸매를 다듬어주는 일이라는 것을 알게되
었다
커서로 열심히 따라가며
군살을 떼내고
모자란 곳에 보기 좋게 살을 붙여주고
좀더 어울리는 짝을 지어 몸의 선을 한껏 살아나게
하고
내가 지닌 감각이 허락하는 한
완벽이란 애초부터 저리 밀어두고 하는 일이지만
나는 몇 번씩 고개를 갸우뚱, 넣었다 뺐다 도로 넣
었다 아예 지우고 바꿔버렸다 그냥 지나쳤다가 다시
되돌아와서는……
성한 데 없이 고친 자국투성이인 글자들을
자랑스럽게 들여다보기도 하고
한숨을 실어 놓아 보내기도 한다

그런데
이렇듯 글자들의 몸매만 다듬다 보니
지게미와 쌀겨만 먹어도 함께 살이 쪘던 처, 나의
몸을 돌보지 못했구나
뒤늦게 눈 돌려보니
이 수치를 모르는 군더더기며
손보지 않은 거칠음이여
글자들에 이대도록 가려져 있던 내 생의 반편
어느 한 길도 그러나 온전히 가기가 어려우니
짐짓 못 본 체 커서여, 나를 더 멀리까지 부리고 다
니렴

과일, 껍질이 벗겨지고

손안에서 단번에 벗겨지는
귤 껍질이 아니라
시간이 가면서 천천히
감추어진 모습을 드러내는
사과나 배 복숭아 껍질이어서
나는 이미 절반 혹은 반 넘게
내 싱싱한 과일 알맹이를
세상의 공기와 먼지와 비바람에
내어놓았다
내 속에서 설레며 익어가던 그것은 이제 세상의 것
이니
세상이 나눠 맛볼 것이다
길을 걷다가 흙 속에 묻힌 과일 껍질을 밟아본 적이
있지 않은가
더 이상 벼르며 감춰둘 과실도 없고
더 이상 단물이 배어나지 않으며
시큼시큼 올라오는 신물이라도 다실 게 없이
눈물조차 말라버린
그저 헛헛하게 가벼워
어디에고 묻힐 수 있는

저

허구한 끝
끄트머리들

반 전

나는 십 년째 교정 보는 일을 업으로 해오고 있다
그 일은 종이 위에 버젓이 씌어진 글자들을 의심하
는 것으로 시작되었다
의심으로 빛나는 내 눈은 잘못 씌어진 적지 않은 글
자들을 찾아냈다
그것은 몹쓸 재미가 나는 일이었다
얼마 전에 나는 내가 직업병에 걸린 것을 알았다
모든 글자가 미심쩍어지면서
글자를 보고 있는 내 눈이 의심스러워진 것이다
이제는 글자들이 내 눈을 돋보기 쓰고 들여다본다
내 눈을 교정하겠다고 덤벼든다

개 미

개미 한 마리가 방안을 기어다닌다
개미가 내 몸에 닿을까 봐
나는 개미를 피해 자꾸 방안을 옮겨다닌다
방이 좁아진다
나는 지친다
개미 한 마리가 방 하나를 다 가져간다
내 마음의 방 안에 개미 한 마리가 기어들었다
개미가 온 방안을 돌아다닌다
나가지 않는 개미 한 마리를 피하려다
내 마음의 단칸방 하나가 통째로 개미의 차지가 된
다

안락도요새

연못 위에 떠다니는
나뭇잎을 발바닥삼아
연못을 콩콩 튀어다니며
제 존재의 그토록 가벼움을 맘껏 즐기는

내 존재의 무게를 타고 앉아 콩 콩 콩
발장구치는

달

마늘 한 쪽이다 저 달은
눈 코 입을 한 누구의 얼굴도 조붓이 들어 있다
마늘쪽 속의 그 조붓한 얼굴은 얼마나 눈이 매울까
어느 늦여름밤 농가 마당에서 올려다보는
하늘에 뻥 뚫린 마늘 달
나를 따라 서울 떠나와 묵은 땀내 식히고 있는
반가워 입 벌리고 바라보다
눈이 매워진다 매워서 눈물난다

저 달도 나 모르는 매운 추억이 있었나보다
매워서 저렇게 높은 하늘에
지상의 매운내 노오랗게 들이마신
그러고도 옹골찬 마늘 한 쪽으로 떴나보다

달 바라보다 옛 생각도 생목 오른다

흰 달

달이 쫓아온다 눈 허옇게 뜨고
하루가 다해간다고 한다
오늘 하루 잘 지냈느냐고 한다
하루가 마저 가기 전에 해야 할 일이 없느냐고 한다
나는 오늘 근처 산책로를 투지에 불타 내처 두 번이
나 걸었고
청명한 가을 하늘을 외경스레 올려다보았고
어이없게도 떨어져 살고 있는 내 피붙이를 조금 그
리워했고
오늘 내가 걸어다닌 길이 몇 년 전 그 길이 아니듯
길이 바뀌면서 내 인생이 바뀐 것에 놀랐고
결국 오늘 이 길도 또 다른 길로 접어드는 길임을
알았고

정돈되지 않는 마지막 시구가 몇 날 며칠째 종이 위
를 맴돌았고
그리고

이윽고 달이 쫓아와
이 모든 것을 허옇게 식혀 먹었다

그러나 세월이

—아빠, 저게 뭐야?
—크리스마스 트리야.
—와, 예쁘다!

나도 세상에 대고
저것…… 저 예쁜 것…… 저게 뭐야? 와, 예쁘다!
탄성을 지르고 싶구나
그러나 아빠의 손을 뿌리치고 병에서 튀어나간 병
마개처럼 세상으로 뛰쳐나온
그날 이래 내 몸에 발 들여놓은 세월, 아무것도 아
니게 흘러들어와서는 손쓸 수 없이 눌어붙어버린
그 세월이 목청을 빠져나오지 않는다
세월은, 이 목 안 깊이 늘어진 기다랗고 녹슬은 추
였던가 보다

양 치

입 안에서 이가 시리게 느끼는
물의 차가움을 견뎌내기 위해
한 모금 또 한 모금 좀더 많은 양의
찬물을 들이마신다

물의 차가움에 이가 둔해질 때까지

입 안에서 이가 시린 내 삶은 때로 찬물을 과음했다
입 안으로 들어오는 차가움에 내 삶의 여린 이들이
둔해지라고

세 수

어제의 나를 깨끗이 씻어낸다
오늘의 얼굴에 묻은 어제의 눈곱 어제의 잠
어젯밤 어둠 어젯밤 이부자리 속의
어지러웠던 꿈 어제가 혈기를 거둬간
얼굴의 창백함
을
힘있지는 않지만 느리지는 않은 내 손길로 문질러
버린다
늘 같아 보이지만 늘 새것인 물이 얼굴에 흠뻑!

얼마나 다행스러운가,
오늘엔 오늘 아침 갓 씻어낸 물방울 숭숭 맺힌 나의
얼굴이 있고
그러나 왠지 가슴 한구석이 서늘하지 않은가,
어제는 잔주름만 남겨놓았고
오늘 다시 시작해야 한다는 것

당 신

　당신은 나에게 樂을 만들어주는 좋은 藥이지만
　그래서 당신은 나에게 病이 되는 한 마리 가련한 菌
이야
　당신이 내 머리 위에 樂의 세례를 담뿍 부어줄 때
　그저 받을 줄만 아는 내 눈에도
　당신 몸이 얼마나 깡마른지
　마치 당신 몸의 樂을 모조리 거둬내 나에게 주는 사
람처럼
　당신에게 몇 번이나 미안하다고 말했었지
　미안하고 미안한 菌들이 불쑥불쑥 내 가슴속에서
病이 되곤 해
　이 病을 고칠 수 있는 妙藥도 당신뿐일 거야
　미안하지만,
　당신에게 평생을 미안하다고 말해야 할 것 같아

한 손에 든 시집과 다른 한 손의 연필

연필을 들고 시집을 읽기 시작하다가 나는 놀라 연필을 거두었네 생각나면 쉬 두 손가락 사이에 쥘 수 있고 마냥 내버려둘 수도 있는 곳으로 살짝 밀쳐두었네 내 마음이 이미 들고 있는 연필을 내 손도 들었던 것이라네 나에게 그런 도전적인 자세는 어울리지 않네 무언가를 향해, 도전적인 자세를 취했던 한때도 있었네 시집을 펼치며 다른 한 손이 연필을 집어들었을 때처럼. 손가락에 잘못 힘이 주어지면 아차! 시집의 깨끗한 종이에 빗나간 연필 자국이 그어지거나 연필이 내 얼굴로 튀어오르기도 했었네…… 연필심 속으로 시 구절들은 사라졌고 나는 그저, 연필 따위를 들지 않고도, 시집을 읽어내려가고 싶을 뿐이네 읽다가 말다가 하며 읽고도 잊어버리거나 하며 읽고 난 한참 뒤에 다시 생각나거나 하며

그런데 궁금해지네
연필을 쥐지 않는다고 내 손이
편안함을 느낄까? 하고

눈물아

눈물아,
제발 멈추지 말아라
흘러라
계속
흘러라
끝까지 가보게
내장이 다 쏟아져나올 때까지
빈 껍질처럼 오그라들 때까지

변기 위의 그녀

변기 위에 앉은 그녀는

들이대듯 그녀를 비추는 거울 속 그녀 얼굴을 바라
본다

그녀 얼굴의 고운 햇빛이었던 나이가 그녀 얼굴에
그늘을 내리기 시작하였다 그늘질수록

변기 위의 일이 중요해지고 변기가

그녀의 튕겨나가려는 몸을 능하게 낚아챈다

변기 위에 널브러 앉으며

그녀는 조금씩 조금씩 늙어온 것이다 변기 위에 앉
아 꼼짝없이

그녀 얼굴의 늙음을 들여다보아야 하는 일은 꽤나
곤욕스런 일과다 그러나 그녀는

그녀 얼굴에 비애를 허락지 않는다

한동안 무심히 바라보다가 고개를 돌리고 마는, 그
녀 얼굴은 비애의 무른 살을 감추는 껍데기가 다 되었
다

풍 선

　방바닥 위에 노란색과 주황색의 풍선 두 개가 놓여
있다
　누군가의 한껏 즐거운 숨결로 공중을 떠올랐다가
지금은 띄우거나 터뜨려줄 그 누군가의 손길을 잃고
내려앉아 시름시름 흔들리고 있는
　어느 쪽으로 돌려도 둥글어서 평평한 바닥이라곤
없는 생김새가 방바닥에 편안히 몸 붙이지 못하게 하
는 것이다

　아무 볼 거리도 되지 않는 풍선의 그 소소한 흔들림
을 방 한 귀퉁이에 웅크리고 앉아 물끄러미 바라보고
있는
　내 마음의 모양새도 그렇다
　어느 쪽으로 마음 돌려도, 어느 곳에 마음 붙여도
　내 방바닥이 아닌 듯 내가 흔들거린다

어제가 아닌 오늘

어제와 달라지지 않은 내 생물적 습성으로 오늘을
시작한다

이 오늘은 분명 어제가 아니건만 어제와 닮은 구석
이 있다

오늘은, 어제를, 어느 시점까지는 복제해낸다

나는 오늘도 어제를 다시 살고 있다

나는 어제의 나를 행여 다치지나 않을까 손 놓지 않고
오늘의 문턱을 넘겨 데리고 왔다

하지만 수많은 어제를 보내고 그것에 점점 커지는
수치를 매기고 나서야 알아챈 것이다

어제와 언뜻 닮아 보이는 오늘은 어제를 기억하려
하지 않는다는 걸

오늘은 어제와 잠시 합류했다가 종내는 어제를 뒤
로 밀어젖히고는

밀어젖혀진 어제를 누르고 미끄러져 나오는 힘으로
흐르는 강물, 바다, 물살이다

어제가 아닌 오늘 나는 또 한 번 흘렀다

다만 나는 강물이 아닌 육체여서 또 한 번 흐른 내
육체는 어제보다 한 박자 늙어 있는 것이다

삼십대

되돌아가고 싶진 않다
어쨌든, 이십대의 죄악은 저질러진 채 끝났다
나는 이십대의 모든 사과나무에 손을 댔다

삼십대
나는 삼십대의 죄악을 저지르고 있는 중이다
또 다른 종류의 사과나무를 발견한 것이다
그래도 여기서는 이십대의 죄악이 부끄럽고 후회스
럽다
죄악의 바람이 창문을 흔들고 비를 뿌리며 새벽에
문득 자고 있던 나를 불러낸다

삼십대를 타고 앉은 바닥은 익숙해진 미끄럼틀의
어지럼증 나는 한가운데
어떤 때는 저 아래까지 턱밑에 와 보인다

삼십대
몇 개의 탐스런 사과를 쓴웃음 삼키며 떨어버린다
지워버린다 ×자 친다

그러나 내 삼십대의 망막에 곧 사라질 듯 맺혀 있는
이십대의 잔상 때문에
　어떤 때는 바로 턱밑에 와 보이는 저 아래 때문에
　나의 고개는 두리번대고 눈동자는 정처 없고 두 다
리는 갈피를 잡지 못한다
　알고도 저지르고만 싶은 막바지 죄악에 하, 몸이 단
다

제3부

내 육신과 영혼은

내 육신과 영혼은 다정하게 지내질 못한다
이를테면 이렇다
집 밖에는 왠지 행복하지 않은 나의 영혼이 있다
집 안에는 행복하길 간절히도 바라는 나의 육신이
있다
집 밖으로 보퉁이째 내몰린 내 영혼은 집 안에 있는
나의 육신을 목청껏 부르며 나오라 하지만 내 육신은
귀머거리다
이미 나는 육신의 뜻을 좇아 나를 푹! 묻었다,
별 절실함 없이 내 아랫도리가, 그러나 힘겹게 뱉어
놓은(그것은 가장 여성적인 행위인 동시에 가장 몰여
성적인 행위였다) 아이와
아픈 줄도 모르고 그의 갈비뼈를 뚝 떼어 보기좋은
세상 한 거처를 내게 선사해준 남편에게

내가 묻힌 집 밖에서, 떠돌이들의 거리에서, 나의
행복하지 않은 영혼은 오, 힘주어 제 행복하지 않음을
험 hum- 험 hum- 허밍하며 다닌다

청 춘
—아직 아기인 딸에게

나를 두고 간 님은 용서하겠지만
날 버리고 가는 세월이야
　　　　　—김창완 노랫말 「청춘」

　너의 얼굴에서 나는 내 지나간 얼굴을 보고 또 내
늙음의 얼굴을 본다 너는 나의 청춘을 멸균하듯 죽이
고 태어났다 청춘은 죽고 나는 소독되었다 이제 나는
순순히 내 청춘을 네게 내놓아야 한다 어머니에게서
앗아온 청춘을 나는 잘 운용하지 못했다 네가 나에게
서 앗아가는, 네 청춘의 충분한 숙성과 부화를 위해
나는 내 늙어감의 몰골을 너에게 허락해야 한다

당신과 함께 오징어 또는 사과를,
구워 또는 깎아 먹는 밤

당신과 함께 오징어(사과)를 구워(깎아) 먹는 밤
당신이 정성껏 구워(깎아) 죽죽 찢어놓는(잘라놓는)
오징어(사과)를
오물오물 질겅질겅(썩썩 사각사각)
따로이 하루를 마친 우리 두 식구 별다를 것 없는
하루를 구워(깎아) 먹는 밤

그 오징어(사과)가 며칠씩 냉장고 위(안)에 묵혀지
는,
묵혀지는 오징어(사과) 속에 우리의 하루가 묵혀지
는,
당신과 함께 오징어(사과)를 구워(깎아) 먹은 밤이
그립게 떠오르는, 밤들도 있었다

엎질러진 물

　한번 엎지른 물은 다시 제자리에 담아넣을 수 없다
엎어진 과일 바구니나 쏟아진 책가방이 아닌
　방바닥에 엎지른 물을 급한 걸레질로 닦아냈지만
침대 밑이나 장롱 밑 아니면 또 다른 그 어딘가로 물
줄기가
　슬그머니 흘러들었을지 모른다 흘러들어서 장판이
나 목재의 생장점에 아름답지 못한 곰팡이꽃을 피우고
있는지 모른다
　무엇이든 엎지르지 않고는 살 수 없었다 엎지르고,
놀라, 뒤늦게 치우는 데 버릇들여 번번이
　내 삶의 방바닥에 엎질러진, 남편도 아이도 시도 그
물바가지를 엎지른 나 자신까지도
　어느 우발의 밑바닥을 흘러들고 있다

잠투정

잠들기를 거부하는 듯
아기는 파닥거리다 잠에 든다
태어나기를 거부하는 듯
아기는 내 뱃속을 휘저으며 나왔다
깨어 있다 잠들고 잠들었다 깨어나고 태어났다 죽
어가고 없다가 생겨나는 이 둘, 사이에서 공 던져지
는, 공포…… 피로

아기는 쉽게 잠들지 못한다 이 낯선
잠이라는 라켓으로의
무방비의 던져짐

잠투정하듯 죽어가야 할 것이다
죽음 이후는 잠투정이 끝난 아기의 잠, 바닥에 떨어
지고 만 공의 안쓰런 평온일까?

가　족

남편은 가끔 속이 아프다 목이 아프다면서 꿀차를
타 마시곤 한다
나는 더럭 겁이 나서
제발 아프다 소리 하지 말라고 한다
약을 먹어라 병원에 가보라 한다

나는 대개 머리가 아프다 허리가 아프다고 한다
남편은 버럭 제발 아프다 소리 하지 말라고 한다 병
원에 가보라고 한다

감기 든 아기는 코맹맹이 소리로 떼를 쓴다
우리는 철렁 아가야, 아프지 마 아프지 마 한다

아프다는 말을 한마디도 안 하는 건강한 날에도
남편과 아이와 나는 제각기
프-으 프-으 프프
-프다, -프다고 한다

나의 우편함

우편함에서 꺼내온 편지의 겉봉을
집에 들어서자마자 나는 고불탕고불탕 뜯어낸다
나 자신에게 들키고야 마는 나의 조바심이다
내게 날아든 삶의 겉봉을
나는 그렇게 뜯어냈다 그 안에 무엇이 들어 있는지
빨리 알고 싶었고
그것이 무엇이든, 달갑지 않은 무엇인 줄 알아챘던
때에도
부딪치고 싶었다 빨리 부딪칠수록 빨리 튕겨나올
수 있다는 듯이

서른 해를 넘기고 남편과 아이의 이름도 들어 있는
다른 우편함과 다를 것 없는 크기를 가진 내 삶의
우편함 속으로
낯선 봉함이 날아든다
살아야 할 새로운 이유가
그리고
디뎌야만 할 새로운 난관이

나는 겁도 없이 그것의 겉봉을 뜯어낸다

나의 커가는 딸 은지

　네 몸 속을 새 놀이터 삼아 들어온 세월의 당찬 움
직임
　감히 묵과할 수 없는, 여생이라는
　어떻게 흔들어야 좋을지 모르겠는 엉거주춤한 내
꼬리
　를 무동타고 있는 너

네가 잠든 사이에 엄마는 코끝이

네 머리카락이 자라는구나, 나의 미래도 자란다

네 팔이 점점 길어지는구나, 나의 미래도 길다랗다

네 통통한 넓적다리에 오늘 또 살이 오르는구나, 나의 미래도 살지다

네 키가 부쩍 컸구나, 나의 미래도 키가 커진다

네 두 다리가 더 많이 걷기 시작하는구나, 너의 미래를 향해 너를 앞질러 당도한 여기

두 팔 벌려 너를 기다리고 있는 나의 현재를 향해

나의 미래는 자라나는 너와 키를 맞추며 위로 늘어만 가는 묘기의 스프링

내 손을 잡는 네 손을 잡고 나는 너의 미래로 따라들어간다 나의 미래를 곁다리 달고

고 통
―나어린 딸에게

네게서도 벌써
냄새가 나는구나
오줌 똥 땀 배설물과
온갖 음식물의 냄새

내가 너에게
두 가지 고통을 물려주었다
허기의 고통과
배설이라는 고통

채우고 비우는
고통 뒤의 쾌감 또한 알게 됐지만

나와 같이 너마저
허기와 배설이라는
나날의 고통의 사주를 받게 되었다니

몸의 분비물의 시학
─이선영의 시 세계

장 석 주

1 '문화'라는 말은 오늘날 가장 널리 쓰여지고 있는 말들 중의 하나다. 정치 문화·생활 문화·휴가 문화·대중 문화·기업 문화·방송 문화·주거 문화·교통 문화·교육 문화·출판 문화·잡지 문화·비평 문화·고급 문화·하위 문화…… 문화는 어느 분야를 가릴 것도 없이 무차별적으로 쓰여지며, 차고 넘칠 정도로 범람한다. 그만큼 문화라는 개념어의 쓰임의 범주는 다양하고 광범위하다. 대체적으로 '문화'는 바람직한 가치 규범으로 이해되고, 그래서 그것은 '정립'되어야 할 당위적 가치로 인식된다. 문화는 본디 토지·곡식·가축의 경작과 관련된 용어였다. 이것이 나중에 정신·예술·문명의 배양의 의미로 옮겨지고, 다시 사회 발전의 일반적 과정, 그리고 보편적 과정으로서의 개념으로 확대된다. 오늘날의 문화라는 말은 특수한 민족·집단·계급·시간 속에

서 공유되고 있는 의미·가치·생활 방식을 가리킨다. 그것은 의미를 생산하는 실천, 혹은 의미화하는 실천이다.

문학은 그 문화의 핵심이고 요체다. 문학은 문화의 뿌리다. 문학은 사회의 다양한 흐름과 현상들을 걸러내고, 그 의미를 짚어내고, 그것의 구체적 양상을 적시해내는 역할을 담당함으로써 당대적 의미·가치·방법 들을 '의미있게' 표현해낸다. 그 문학의 다양한 장르 중에서도 시는 당대적 문화에 대한 선험성을 획득하고 있는 장르다. 시는 문명의 미래에 대한 예언이며, 그것의 무의식과 심층 그 자체다. 여전히 공식적인 지면을 통해 수없이 많은 시들이 나오고 있지만, 과연 그런 자의식을 함유한 시들이 얼마나 될 것인가, 라는 물음에 대해 우리는 어떤 낙관적인 답변도 할 수가 없다. 시의 과잉, 시의 낭비적 범람은 시의 자존을 갉아먹고, 시의 생명력을 고갈시킨다. 시 쓰기에 대한 시인들의 뼈아픈 각성이 그 어느 때보다도 요청되는 이유가 바로 거기에 있다.

90년대의 시가 회생 가망성이 없는 빈사 상태에 빠져가고 있다는 논자들의 우려를 비웃는 90년대의 새로운 시적 개성들이 없는 것은 아니다. 젊은 시인들은 이전에 우리가 경험해보지 못했던 멀티미디어들과 상업주의 시대와의 길항 속에서 길 찾기를 하고 있다. 그들은 일그러진 존재의 내면을 더듬는다든가, 새로운 해체의 문법을 모색한다든가, 여성적 존재의 정체성을 찾아나선다든가, 발랄한 개성을 보여주고 있다. 평론가 신범순이 지적했듯이 문학, 혹은 시의 위기는 "90년대에 들어와서 그것이 얼마나 독자를 잃었는가 하는 양적인 측면이 아니라, 우리 지성사에서 어떠한 역할을 떠맡고 있는가 하는 질적인 측면에서 문제"라는 점이다. 분명히 90년대로 들어서서 80년대에 비해 시집의 판매 부수가 현저하게 감소한 것은 사실이지만, 그것이 곧 시의 위기적 징후는 아닌 것이다.

2 90년대 들어 각종 담론에서 몸은 가장 주목된 소재다. 오늘날의 몸은 광고 · 모드 · 대중 문화 등에 흘러 넘치며, '깃털'이 아니라 당당한 '몸통'이다. 이성이 숨을 죽이자 몸이 활개치는 격이다. 몸의 활개침은 당연하다. 우리는 몸이 "삶 속의 좋은 것은 무엇이든 얻을 수 있는 패스포트가 되는 문화" 속에 살고 있기 때문이다. 소비 자본주의 사회에서 가장 유력한 자본재인 몸. 그 몸을 맵시 있게 만드는 것은 상당히 전망이 밝은 투자다. 우리는 몸값이 금값인 시대를 살고 있는 것이다. 소비 자본주의 시대인 오늘날의 몸은 대중 매체 속에서 끊임없이 소비 · 재현 · 재생산되며, 매혹과 혐오의 양가적 감정 속에 놓여 있다.

몸과 관련된 산업들, 이를테면 화장법 · 피부 관리 · 성형술 · 몸매 교정 · 다이어트 · 헬스 클럽 들이 번창하고, '몸-학(學)'은 의학이나 생물학의 독점적 범주를 넘어 문학 · 철학 · 여성학 · 문화학으로 확대되고 있다. 몸은 단순한 하드웨어나 정신에 부속된 도구적 객체가 아니라 '독자적으로 생각하는' 그 무엇, 자기 정체성을 실현하는 주체다. 심신은 분리되는 것이 아니다. 인간은 몸이라는 열린 개체 안에서 하나로 실현된 존재다. 그것은 단순한 노동의 도구, 생산 수단이 아니다. 탄생이나 죽음과 같은 사람으로서의 본원적 경험도 탈육체화된 정신이 아니라 몸을 통해서만 가능하다. 보고, 냄새 맡고, 헐떡이고, 떨고, 분노하고, 훌쩍이고, 두리번거리는…… 너무나 예민하고, 때로는 둔감한, 무수한 몸들, 몸짓들. 우리는 두려워할 때 몸을 부르르 떨며, 사랑할 때도 몸으로 사랑한다. 일찍이 예수 같은 성자조차 "네 이웃을 네 몸과 같이 사랑하라"고 강조했다. 마음이나 정신이 아니라 몸과 같이 사랑하라! 몸 없으면 두려움도, 사랑도, 삶도 표현되지 못한다. "몸은 실존의 중심 문제며 다른 모든 문제는 몸의 문제의 해결에 달려 있다. 몸은 우리가 행하고 생각하는 모든 것과 관련돼 있다. 몸은 모든 곳에 존재한다. 즉 신체가 엮어내는 풍경은 모든 개념적 지리학의 기반이라고 가정될 수 있다."[1]

③ 이선영의 시 세계에서 '몸'은 자아, 여성적 정체성을 탐구하는 주요 코드다. 보편적으로 여성은 남성에 비해 몸에 예민하다. 여성은 몸에서 끊임없이, 혹은 주기적으로 일어나는 성욕·월경·임신·분만·수유·폐경과 같은 변화에 지배적인 영향을 받는 존재기 때문이다. 여성 시인인 이선영의 사유 체계를 따라가면 몸/신체는 삶의 "숙성과 부화"의 자리며(「청춘」), "허기의 고통과/배설이라는 고통"의 생생한 체험의 자리기도 하다(「고

---

1) 정화열 지음, 박현모 옮김, 『몸의 정치』, 민음사, 1999, p. 244.

통」). 몸은 '나'라는 실존적 현존의 가시적 실현이다. 그래서 시인은 "다만 나는 강물이 아닌 육체여서 또 한 번 흐른 내 육체는 어제보다 한 박자 늙어 있는 것이다"라는 말을 하는 것이며, "생물적 습성"으로 나날의 삶을 살아가는 것이다(「어제가 아닌 오늘」). '나'는 "병에서 튀어나간 병마개처럼 세상으로 뛰쳐나온/그날 이래 내 몸에 발 들여놓은 세월, 아무것도 아니게 흘러들어와서는 손쓸 수 없이 눌어붙어버린"(「그러나 세월이」) 존재다. '나'의 몸을 이루는 살은, 곧 '나'의 몸에 "눌어붙어버린" 세월의 살이기도 하다.

　　나의 눈 코 귀 이 어깨 허리 다리 발 심장 신장 대장
　　내게 없어서는 안 될 이 모두가 한번은 버려져야 할 것들이다
　　낡아가는 것들, 종종 고장이 나고 마침내 수명이 다하는 것들과 함께 살아간다
　　그 어느 해 가을과 또 다른 해의 가을에 할머니 할아버지가 차례로 그랬듯
　　버려질 엄마 아버지 남편 그리고 나
　　버려지기 전까지는 손발 닳도록 살아간다
　　　　　　　　　　　　　　　　　　　　　—「버려진 냉장고」

　무엇보다도 몸은 도구적 존재다. 누구의 삶이든 도구적 존재인 그 몸을 통해 실현된다. 몸이 없으면 삶도 없다. 삶의 의미화와 실천의 도구적 존재인 몸은 장소와 지금에 충실한 실재다. 그러나 그것은 버려지기 전까지

'닳도록' 쓰이는 '고통받는 타자'다.

> 내가 혼자 남은 집을
> 그가 열쇠로 잠그고 나간다
> 그는 나와 함께 이 집을
> 안에서 잠그고 있던 사람이다
> 나는 열쇠에 잠긴다
> 문에 잠기고
> 내겐 없는 그에게 잠긴다
> 나에겐 나를 꼼꼼히 잠가주는 그가 있다
> 나에겐 나를 꼭꼭 잠가두는 그가 있다
> 틈틈이 나를 잠가주는 것이 나날의 일과가 돼버린 그가 있
> 고
> 그가 잠가주지 않으면 새나갈 것 같은 내가 있다
> 그에겐 그 자신과
> 나머지 한 개의 열쇠 구멍인 내가 있고
> 나에겐 그 없이는 내가 잠가지지 않는 그가 있다
> 나에겐 그가 있고 오, 행복한
> 나에겐 그가 있다 행복도 사방이 닿지 않는 감방인!
> ──「나에겐 그가 있다」

「나에겐 그가 있다」는 몸의 타자성을 극명하게 보여주는 시다. '그'는 '나'의 몸이며, 동시에 '나'의 밖에서 돌아다니는 타자다. 시인은 "그는 나와 함께 이 집을/안에서 잠그고 있던 사람이다"라고 말한다. '나'는 '그'로부터 도망가고 싶지만, "나에겐 나를 꼭꼭 잠가두는 그

가 있다." '나'의 탈주에의 욕망을 감시하고 붙잡아두는 것은 '그'의 "나날의 일과"다. 그러나 그 탈주에의 욕망도 뒤집어보면 매우 소극적이란 게 드러난다. 어쨌든 몸은 몸 속에 있지 않다. 몸은 그것을 발견하는 지각과 인식 속에 비로소 있다. 따라서 그것은 삶 속에서 타자화된 그 무엇이며, 그것은 "사방이 닿지 않는 감방"이다.

　　나는 내가 읽는 책들이 내 영혼에 속속들이 배어들기를 원했다 내 영혼이 책에 고루 절여진 배춧잎들이 되기를 그러나
　　훌훌 술술 허공을 넘기는 책장을 따라가다 마침내 책이 끝나는 곳에서 휘이익 날아간,

　　책장들이 다 훑어간,
　　글자들이 콕 콕 찝어간,

　　내 영혼

　　여전한 것은 나의 육체, 이 무게, 이 안녕, 이 탐욕

　　책이라는 메마른 종잇장들에 좀처럼 길들지 않으려는 내 육체
　　번성하는 이 육체보다 늘 모자란
　　나의 독서　　　　　　　　　　　　　—「나의 독서」

타자화된 몸은 자주 '나'의 의지나 지향과 어긋난다. 길들지 않으려는 육체; 몸은 쉽게 길들지 않는다. 길들

인다는 것은 지배와 통제의 전략 속에 가둔다는 것이다. 길들지 않는 것들은 대체로 드세고 뻣뻣하다. 몸이 드세고 뻣뻣한 것은 몸이 영혼/이성에 무조건 따르는 부수적 존재가 아니기 때문이다. 몸은 살아가는 경험이 새겨진, '체현된 신체'다. 그것은 양념에 절여진 배춧잎처럼, 책; "메마른 종잇장들"의 세계, 그 추상과 관념으로 속속들이 절여지기를 원하는 영혼/이성의 전략을 무참하게 배반한다. 그리하여 그 둘은 "다정하게 지내질 못한다."

> 내 육신과 영혼은 다정하게 지내질 못한다
> 이를테면 이렇다
> 집 밖에는 왠지 행복하지 않은 나의 영혼이 있다
> 집 안에는 행복하길 간절히도 바라는 나의 육신이 있다
> 집 밖으로 보퉁이째 내몰린 내 영혼은 집 안에 있는 나의 육신을 목청껏 부르며 나오라 하지만 내 육신은 귀머거리다
> 이미 나는 육신의 뜻을 좇아 나를 푹! 묻었다,
> 별 절실함 없이 내 아랫도리가, 그러나 힘겹게 뱉어놓은 (그것은 가장 여성적인 행위인 동시에 가장 몰여성적인 행위였다) 아이와
> 아픈 줄도 모르고 그의 갈비뼈를 뚝 떼어 보기좋은 세상한 거처를 내게 선사해준 남편에게
>
> 내가 묻힌 집 밖에서, 떠돌이들의 거리에서, 나의 행복하지 않은 영혼은 오, 힘주어 제 행복하지 않음을 험hum — 험hum — 허밍하며 다닌다   ──「내 육신과 영혼은」

영혼은 집 밖에서 몸/신체를 나오라고 소리치지만, 몸/신체는 그 부름에 응답할 수 없는 "귀머거리다." 그래서 몸과 영혼은 자주 삐걱거리는 불협화음의 소리를 낸다. 욕망의 도구적 존재인 몸/신체는 영혼/이성의 전략을 따르지 않는다. 시인은 그것을 다소 풍자적으로 행복하지 않은 영혼이 그 행복하지 않음을 허밍하며 다닌다고 말한다.

4 이선영의 시들은 매우 집요할 정도로 자아 반성적이다. "저 처마 끝은 무수한 기억의 방울들을 매달아놓고 있다"(「기억의 방울」)는 시구는 그 반성과 성찰의 흔적을 보여준다. 몸의 처마 끝에 매달려 있는 "무수한 기억의 방울들"은 좋은 일이나 잘한 일이 아니라 "나쁜 일과 잘못한 일"들, 즉 의심·실패·더러움·치욕·죄악에 관련된 기억들이다. 그런 점에서 시인은 생에 대한 비관론에 기울어 있다고 볼 수 있다. 시인의 내향성의 시선은 끊임없이 나날의 삶의 생활 반경 속을 쳇바퀴 돌 듯하는 몸/신체의 동선을 쫓아다닌다. 그리고 어느 날 문득 "수치를 모르는 군더더기"가 되어버린 자신을 발견한다(「커서여, 내 심장의 떨림 같은」). 물론 군더더기는 군입·군살·군식구 들과 같은 말처럼 쓸데없이 덧붙어 있는, 뜻 없음에 붙잡혀버린 잉여적 존재에 대한 상징이다. 시인의 몸/신체의 동선을 쫓아다니던 시선은 "변기 위에 앉은 그녀"에 머무른다.

변기 위에 앉은 그녀는

들이대듯 그녀를 비추는 거울 속 그녀 얼굴을 바라본다

그녀 얼굴의 고운 햇빛이었던 나이가 그녀 얼굴에 그늘을
내리기 시작하였다 그늘질수록

변기 위의 일이 중요해지고 변기가

그녀의 튕겨나가려는 몸을 능하게 낚아챈다

변기 위에 널브러 앉으며

그녀는 조금씩 조금씩 늙어온 것이다 변기 위에 앉아 꼼짝
없이

그녀 얼굴의 늙음을 들여다보아야 하는 일은 꽤나 곤욕스
런 일과다 그러나 그녀는

그녀 얼굴에 비애를 허락지 않는다

한동안 무심히 바라보다가 고개를 돌리고 마는, 그녀 얼굴
은 비애의 무른 살을 감추는 껍데기가 다 되었다

——「변기 위의 그녀」

변기 위에 앉아 있는 '그녀'는 슬프다. 왜냐하면 자신
의 생이 "비애의 무른 살을 감추는 껍데기"에 불과하다
는 쓰디쓴 인식론적 깨달음에 이르렀기 때문에. 변기는
"그녀의 튕겨나가려는 몸을 능하게 낚아챈다." 생리적
배설을 처리해주는 혐오 시설물에 붙잡혀 있는, 너무나
하찮고 작아 보이는 몸/신체, 그 안에 구현된 생. 변기
위에 앉아 있는 그녀는 늙은, 혹은 늙어가는 몸이다. 다
시 한번 몸은 지각과 인식 속에서 발견될 때 비로소 있
다. 늙은 몸을 바라다보는 일은 "꽤나 곤욕스런 일과"
다. 왜냐하면 늙은 몸은 그 안에 체현된 누추한 삶 그

자체기 때문이다.

> 자다 일어난 새벽
> 비틀거리는 걸음으로
> 발이 먼저 알아서 찾아가는
> 화장실 불을 켜고
> 부신 눈을 비비며
> 아무렇게나 걸터앉았다 나오면서
> 아, 이것이로구나 어쩌면
> 이게 다로구나 나는
> 마지막까지 내게 남을 육체
> 드넓은 하늘 아래 이 한 목숨의 감옥 ──「잠시잠깐, 생」

「잠시잠깐, 생」도 같은 주제를 반복하고 있다. "아, 이것이로구나 어쩌면/이게 다로구나" 하는 탄식 속에는 뜻 없이 흘러가버리는, 너무나도 "잠시잠깐"인 삶에 대한 지독한 허무가 배어 있다. 몸/신체는 생의 마지막까지 '나'를 따라다니는 유일한 것, "목숨의 감옥"이다. '나'는 그 부끄러운 것을 때때로 "헐렁한 옷" 속에 집어넣는다.

> 헐렁한 옷 속으로 내가 나를 슬쩍 집어넣으면
> 나는 옷의 헐렁함 속으로 부드럽게 미끄러져 들어가고
> 옷은 나를 끌어당긴 그 헐렁함의 미덕으로 나의 윤곽이 옷
> 밖으로 도드라지지 않게 해주었다
> 헐렁한 옷 속에서 그 동안 나는 속이는 일의 간편함, 세상

에 나의 오목과 볼록을 드러내지 않는 일, 에 젖어 있었다
　　그러나 많이 입어 더욱 헐렁해진 옷 속에서 지금
　　느껴지는 어떤 움직임, 질깃하게 짜여지지 못한
　　내 삶의 올이 풀리고 있다!
　　옷을 뒤집어본다, 내가 없다　　　　　　　　—「헐렁한 옷」

　'옷'은 몸의 연장이다. 헐렁한 옷 속에 "부드럽게 미
끄러져" 들어간 몸은 그것의 넉넉한 관용 속에 자신의
수치와 세상과의 불화를 감춘다. "속이는 일의 간편함"
과 "오목과 볼록"은 '나'의 수치의 세목이고, 무분별하게
세상의 것들을 삼키고 들이켠, 제어되지 않는 잉여적 욕
망으로 생긴 결과다. '나'는 그것들을 헐렁한 옷 속에 감
추고 싶은 것이다. 그리하여 한없이 피동적인 주체의 삶
은 헐렁한 옷 속에 은폐된다. 그러나 시인은 곧 발견한
다. 자신의 생이 "질깃하게 짜여지지 못한" 헐렁한 생이
었음을. 그 생은 올이 풀려나가, 마침내 그 생 속에
'나'는 없다. 없는 '나'는 어디로 갔는가. 그것은 자신과
닮은 개체로 분만/분화해간다.

　　네 몸 속을 새 놀이터 삼아 들어온 세월의 당찬 움직임
　　감히 묵과할 수 없는, 여생이라는
　　어떻게 흔들어야 좋을지 모르겠는 엉거주춤한 내
　　꼬리
　　를 무동타고 있는 너　　　　　—「나의 커가는 딸 은지」

　나몸은 현실에 대한 지각과 이해의 자리며, 타자—몸

을 이해하고 그와 관계맺기 위한 불가결한 요소다. '나'
의 몸과 가장 가까이 있는 존재는 남편과 딸이다. 이 시
집 속에는 유독 남편과 딸에 대한 시들이 많다. 시인은
자신의 어린 딸의 활기차게 노는 모습을 물끄러미 바라
본다. 어린 딸의 몸 속을 "새 놀이터 삼아 들어온 세월"
은 당찬 움직임을 보여준다. 그에 반해 '나'는 "엉거주
춤"해 있다. "당찬" 것은 어린 딸의 세계에 속해 있고,
"엉거주춤한" 것은 '나'의 것이다. 그 엉거주춤한 '나'의
삶의 꼬리에 어린 딸은 "무동타고 있"다. '나'의 몸에
"무동타고" 있는 딸은 '나'의 몸 밖에 있는 개별적 존재
며, 동시에 '나'의 몸의 생물학적 연장이기도 하다.

> 머리카락 때 땀 요 혈 변 눈물…… 세상에 뿌려지는 나의
> 분비물, 어쩌면 그뿐이었으며 그뿐일지 모르는 나의 詩,
> 　살아 있는 동안의 내 육체가 쉼없이 분비해내는
> 　해도해도 그것은 분비물일 뿐인　　——「머리카락의 詩」

　시인에게는 시조차 몸의 한 분비물로 여겨진다. 몸／
신체가 쉼없이 분비해내는 활동으로서의 시 쓰기. 이선
영의 시들은 몸에 빌붙어 있는, 혹은 몸이 뿜어내는 분
비물들을 그 생산의 근거로 삼는다.

　⑤ 90년대 시의 괄목할 만한 성과는 여성적 정체성을
탐구하는 여성 시인들의 작업에서 이뤄지고 있다. 가부
장제 이데올로기의 담론들을 가로질러 여성주의 시들이
질주해오고 있다. 거칠게 일별할 때 김혜순·김정란을

비롯해 황인숙·이상희·박서원·허혜정·허순위·신현림·최영미·성미정·노혜경·김상미·정끝별·이원·이인원·이혜영·나희덕·정은숙·현희·최정례·안정옥·김수영·김언희와 같은 여성 시인들의 작업을 제쳐놓는다면 90년대 시문학은 아주 적막할 것이다.

시인의 비관주의적 사유 속에서 삶은 "소작농이 그의 지주에게 으레 그리하듯," 그렇게 굴종적으로 "세월로부터 한살 한살 근근이 수확하는 나이를 평범에 갖다 바치"는 것에 지나지 않는다(「평범에 바치다」). 그 삶에 무슨 뜻이 있겠는가. 시인은 다만 "그러나 나의 나이여, 평범의 지주에게 갚는 빚이여, 지주의 눈을 피한 단 한 줌 이 손아귀 안의 움켜쥠을 허락해주지 않으련"이라고 간청할 뿐이다. 몸/신체를 시적 사유의 시원으로 삼고 있는 이선영의 시 세계는 남성 지배 사회가 오랫동안 만들어온 그릇된 신화와 억압을 벗겨내고 여성성, 혹은 여성의 자기 정체성에 대한 치열한 탐구를 돌이킬 수 없이 드러내고 있는 90년대 여성시의 맥락 속에 놓여져 있다. 아직 대부분의 문학 권력을 장악하고 있는 남성 비평가들은 여성시의 문학적 위상을 인정하는 데 인색하지만 여성 시인들은 한국시를 풍요롭게 만드는 데 기여하고 있을 뿐만 아니라 한국시의 중심으로 진입하고 있다는 뚜렷한 증거를 남기고 있다. 이선영의 시적 성취에서 입증하듯이 한국시에서 페미니즘의 물결은 더 이상 '주변성의 시학'이기를 거부하고 있다. ▨